화첩 기행

책 만 드 는 집　시 인 선 0 8 4

화첩 기행

김종훈 시집

책만드는집

누군가의 생일 선물 밤새워 고민하다
서툰 붓놀림으로 그림 한 점 그려놓고
칭찬을 기다리고 있는 수줍은 아이가 되어

2016년 5월

김종훈

| 차례 |

2부

3부

4부

1부

동백꽃

아내 몰래 숨겨둔
남도 바닷가 외딴섬
쌓인 눈을 핑계대다 해를 넘겨 찾았더니
저 혼자
기다리다 지쳐
목을 뚝뚝 꺾고 있다

사마귀 사랑

호젓한 숲길 걷다 환삼덩굴 이파리에서
짝짓기에 열중인 사마귀가 눈에 들었다
수컷이 부푼 암컷을 꼭 껴안아 주고 있다

이 세상 더 부러울 게 그들에겐 없다는 듯
나뭇가지로 건드려도 그야말로 요지부동
그렇게 부둥켜안은 채 땡볕의 오후를 건너고

서녘 해가 불기둥을 산등성이로 들이미는
해거름이 지나도 잠시 숨 고르기만 할 뿐
서로를 향한 눈빛들이 타오르는 불꽃이다

저렇게 뜨거운데 노숙의 사랑이면 어떠랴
서로를 빨아들일 격정적인 사랑인데
제 목이 날아간들 또 무슨 여한이 있으랴

천지사방에 팽팽한 긴장이 흐르는 숲
달빛도 풀벌레도 부러운 눈빛으로
둘만의 목숨 건 사랑을 숨죽여 보고 있다

축제가 끝나고

봄날도 끝물 무렵 꽃맞이서 점을 보다
누가 떠난다는 점괘에 서둘러 돌아오는 길
마을로 총총 들어서는 환한 꽃상여 하나

나를 데리러 왔나 흠칫하고 돌아보자
목을 놓은 꽃잎들이 화르르 뛰어내리며
굿판이 끝난 봄날과 먼 길 가고 있었네

나에게 쓰는 메일

스팸조차 오지 않는
잠자는 메일 깨워
조금은 쓸쓸한 배경의
편지지를 깔고
나에게 메일을 쓴다
밤새워 메일을 쓴다

먼 길 가듯 짐을 챙겨
들과 산을 헤매다가
불 꺼진 창으로 와
조심스레 열어보는
밤새워 내가 쓴 메일
보고 싶다 보고 싶다

나도 몰래 나에게로
바람처럼 숨어들어
보일 듯 말 듯 애태우다
저 혼자 가버리는

또 다른 나에게 쓴 메일
보고 싶다 보고 싶다

부부

아내와 대판 싸우고
절에 와서 엎드린다

내 잘못이 뭐냐고
이젠
그만두고 싶다고

빙그레 웃는 부처님
종일 말이 없으시고

핸드폰이 토라지면

몇 번의 투정에도 바쁘다며 모른 척하자
밝게 웃던 그녀가 싸늘하게 돌아선다
까맣게 창을 내린 그녀, 도무지 반응이 없다

그녀가 토라지면 아무것도 할 수 없다
숫자들은 순식간에 랜덤으로 흩어지고
머릿속 스캔된 풍경, 하얗게 지워진다

그녀는 잘 토라져서 나는 쉴 틈이 없다
얼굴을 마주하고 하루 종일 웃어주고
잘 때도 외출할 때도 손을 꼭 잡아준다

사람 많은 자리에서 보채기만 하는 그녀
눈치 없이 재잘대는 입을 막기라도 하면
저 혼자 바르르 떨다 자지러지기도 한다

지름신이 내린 그녀를 달래는 길은 하나
마음껏 긁어대도록 재빨리 충전을 하자
그녀가 환하게 웃으며 다시 내게로 온다

대화

가족들이 오랜만에 한자리에 모였습니다
외롭다며 거실에 있던 전화와 텔레비전을
방마다 나눠 가진 뒤 처음 모인 자리입니다

눈에 익지 않은 풍경은 금세 얼어붙습니다
댓글을 고드름처럼 주렁주렁 매단 폰에
눈귀를 다 내어준 채 묵언 수행 중입니다

무심한 염주 굴리듯 엄지들만 바쁩니다
푹 꺾은 고개들은 이미 선정에 든 부처
침묵의 압축 파일만 끝없이 풀려납니다

짧은 안거가 끝나고 제 방으로 흩어지자
가족회의의 화두가 그제야 떠오르고
외롭고 쓸쓸하다며 문자를 날려 보냅니다

마지막 편지

마지막 편지를 접다
종이에 손을 베였다

꽃잎처럼 뚝뚝 듣는
날 선 그리움의 선혈

밤새워
옭아매던 사랑을
울며 다시 풀었다

달맞이꽃

짙은 화장으로 얼굴 가리고
밤새
환한 달빛에 취해
사내의
늙은 어리광과 억센 손길에 시달리다
새벽녘
이슬에 흠뻑 젖어
늦은 귀가를 서두르던
그 꽃

과꽃

잔치 끝난 장독대에서 대궁밥을 혼자 먹다
흥얼대던 유행가를 한 소절도 못 넘기고
서럽게 서럽게 울던 청상과수 왕고모

저 눈빛

이빨을 쑤시며
골목길을 돌아 나오다
쇠창살에 갇힌
개의 두 눈과 마주쳤다
이다음 생에서 보자는
깊고 서늘한
저 눈빛

지하철 풍경

애인이 준 목걸이를 잃어버린 것일까
숨겨둔 비상금을 털리기라도 한 것일까
불같은 웃어른한테 혼이라도 난 것일까

고개 들면 딴 세상으로 재깍재깍 뽑혀 나가는
걱정 많은 콩나물 대가리처럼 푹 꺾은 채
지하철 바닥을 뒤지는 퇴근길의 넝마주이

달무리

달빛이 문살 가득 난을 치는 겨울 한밤
그리움의 빗장 열자 환하게 떠오르는
언젠가 건네려다 만 은빛 나던 실반지

늦가을

나무는 나무끼리
풀잎은 풀잎끼리

껴안고 뒹굴다가
춤추고 노래하고

얼마나 용을 쓰는지
온몸이 다 발갛다

찌개를 끓이다

혼자 먹을 된장찌개
양파를 까다
울컥
서럽고 매운 눈물이
걷잡을 수 없이 흘러
이불을 뒤집어쓰고
목을 놓아 울었다

화석

더딘 우리 사랑도 눈물 콧물 닦아주며 한없이 걷다 보면
몇 겹을 건너와선 저렇게 돌꽃으로 환히 다시 피어날 일이네

네 얼굴을 보여줘

나를 따라다니는 그녀는 목소리가 예쁘다

집에서 거리로, 사무실에서 술집으로 잘 씹은 껌 딱지처럼 붙어 달콤하게 속삭인다

18층입니다 전망 좋은 특실이 있습니다 그녀가 나를 따라다니는 것이 아니라 그녀가 나를 끌고 다니며 조종을 한다 전방 100미터에서 우회전입니다 심지어는 내 뒤를 캐서 어디에 쓰려는지 나만의 비밀번호를 대라고 다그치기도 한다

그녀가 없는 세상을 잠시 그려보다 감시 카메라를 주의하라는 그녀의 말에 또다시 바짝 긴장을 하고 다음 명령을 기다린다 남성이면 1번을, 여성이면 2번을 눌러주십시오 그녀의 눈치를 보며 잠시 머뭇거리기라도 하면 그새를 못 참은 그녀는 반복해서 지시를 한다

술이 생각나 그녀 몰래 샛길이라도 들어서면 부드러우나 단호한 목소리가 여지없이 날아온다 경로를 이탈하였습니다 경로를 다시 탐색합니다 나는 금세 고분고분해지고 발길

을 돌린다 어찌 보면 나의 호위 무사 같기도 하고 해종일 따
라다니며 나를 감시하는 그녀 그러나 목소리 예쁜 그녀의 얼
굴을 나는 아직 보지 못했다

 궁금해, 네 얼굴을 보여줘 정말 정말 궁금해

옛사랑

마지막 가는 가을을 가랑잎이 붙들고 선 오후
오래된 옛사랑이 먼 길 가다 되돌아와
안으면 바스러져 버릴 야윈 등을 내미네

택배로 오는 사랑

한밤의 홈쇼핑에서 값싼 사랑을 샀다
실비에도 세간이 젖는 남루한 살림살이
마땅히 둘 곳도 없어 망설이고 망설이다

품절될 사이즈가 깜빡거리는 걸 보며
이러다 첫사랑처럼 아주 놓치겠다 싶어
무이자 할부 버튼을 재빨리 눌러버렸다

사랑은 모레쯤 택배로 올 것이다
두고 온 사랑을 찾아 집을 나간 아내도
오일장 장돌뱅이처럼 늦은 귀가를 할 것이다

아내는 투덜거릴 것이다 이것도 사랑이냐고
나는 값싼 사랑을 택배로 돌려보내고
아내는 사랑을 찾아 또 집을 나설 것이다

2부

철쭉제

맨발로 서성이다
언 강 건넌 오두막집
겨울 안거 끝낸 산은
저 혼자
발을 동동 구르다
묻어둔 불씨를 살려
여윈 몸을
또 태운다

폭우

숨겨둔 가난들이 속절없이 드러난다
한밤중을 틈타 마을을 급습한 게릴라
깊숙이 숨죽여 있던 여윈 살림을 들쑤신다

문을 걸어 잠그고 완강하게 버티던 집
몇 번을 윽박지르자 안방까지 열어젖혀
지치고 멍든 세간을 한꺼번에 쏟아낸다

불어터진 라면이랑 신 김치를 담던 냄비
구멍 난 입성들이 떠나가는 피난길에
남아서 더 서러운 강, 속울음을 쏟고 있다

게릴라는 또 그렇게 예고 없이 돌아가고
실어증에 앓아누운 사이렌 그친 산과 들
새로 난 고샅길 위로 확성기만 끓고 있다

빈집

나뭇잎으로 걸려 있는
첩첩산중 초가삼간

무릎이 꺾인 채로
가쁜 숨을 몰아쉬며

다 삭은 지게에 실려
어디론가 가고 있다

초록 똥을 누는 집

내비에도 안 나오는 깊고 깊은 산길 가다
채식만을 고집하던 초막 한 채를 만났다
내장이 문드러진 채 다 드러나 보이는

오랜 공복으로 번데기처럼 쪼그라든 방
외상 토주 몇 잔에 휘갈겼을 빗금들이
천공이 나버린 벽에 상형문자로 남아 있다

지푸라기 너덜거리는 바람벽에 기대자
사립으로 들어서던 이슬 묻은 기침 소리
빈 솥을 물로 채우던 울음소리가 들린다

바깥세상에 안달하던 사내들이 나간 뒤로
목이 빠진 굴뚝을 산골 초입으로 내밀고
한없는 귀향을 기다리며 제 속을 태웠으리라

마지막 잠을 잔 뒤 고치 짓는 누에처럼
허리 잔뜩 웅크리고 거미줄을 동여매며

오디 빛 새까만 밤을 하얗게 지새웠으리라

제 가락에 겨운 초록이 돌아누운 여름 한낮
채식을 고집하던 두메산골 늙은 초막은
눅눅한 마당귀마다 초록 똥을 누고 있다

배추 농사

아직도 눈이 시퍼런
배추밭 다 갈아엎고

빈집 대문 못질하듯
경운기가
타타타타탕!

산골을 걸어 잠그고
대못으로 누비고 있다

어버이날을 앞두고

어버이날을 사흘 앞둔 사월 초파일 한낮에
절에서 밤을 새운 노모와 볼이 부은 아들이
밭뙈기 양지바른 곳에 고추 묘를 심는다

놀이 삼아 한다지만 잇속은 한참이나 지났고
몸속 팽팽하던 시간들이 속속 빠져나가
노친이 갈아 부치기엔 가물가물한 이랑이다

쉬며 하라는 말을 아들은 귓전으로 흘리고
늙어 욕심만 남아서……, 똥 밟은 듯 투덜거리다
참으로 마신 막걸리에 나무 아래 말뚝잠이다

잠깐이다 싶었는데 시든 해는 뉘엿뉘엿
코끝만 간지럽히던 산머리 피죽바람이
고추밭 이랑 이랑마다 진초록 골을 탄다

흡족해진 노모는 혼자 흐물흐물 웃고
봉투 하나로 때우려던 아들은 또 투덜댄다
고놈의 고추 몇 포대 무슨 돈이 될 거라고

숨죽여 우는 집

뼈마디가 쑤시는지 건들바람에도 울고 있다
한쪽 관절은 이미 으스러져 버렸고
언제든 마음만 먹으면 주저앉을 태세다
장정을 단번에 품던 풍만하던 가슴은
개켜두었던 꿈들이 시나브로 빠져나가
늑골을 다 드러낸 채 가쁜 숨을 쉬고 있다
울 밖을 서성이던 긴 그림자가 들어서자
귀를 쫑긋 세우고 바짝 긴장을 한다
인내를 오래 맡지 못해 마당귀가 퍼석하다
자벌레처럼 기어가는 느린 시간을 탓하며
장정들이 서둘러 밟고 나간 문지방으로
쥐들과 적막이 가끔 겨끔내기로 드나들 뿐
서러움이 턱밑까지 그렁그렁 차올라
살짝 건드리기만 해도 쏟아질 것만 같다
문짝이 무슨 말을 하려다 끄응 하며 입을 닫는다
그림자가 돌아서는데 작정을 하고 있었을까
내외하는 사이처럼 멀찍이 뒤따라오다
슬며시 뒤돌아보면 멈칫하고 서버리길 몇 번

납작 엎드린 폼이 영락없는 게딱지다
비탈길에서 다시 비틀대며 일어서는데
휘영청 어깨에 내려앉은 달빛마저 위태롭다

고봉으로 쌓이는 눈

엄마는 오지 않고
시렁에는 식은 고구마
섬돌 위
동구 밖 내다보던
까만 고무신
마당엔 쌀밥 같은 송이눈이
고봉으로 쌓이네

가첩家牒을 다시 읽다

해 질 무렵 당산에 올라 가첩을 다시 읽다
종산宗山을 베고 누운 시원의 할아버지부터
밭가에 묏자리를 본, 흙 덜 마른 아버지까지

일가문중 품은 고을 갈피마다 질곡이다
용이 되려 몸부림치던 가지 많은 샛강들로
붓으로 적은 누대가 새파랗게 얼룩졌다

갈아엎은 논밭 위로 길과 길이 내달린다
그 길 따라 외지로 나간 그리운 이름들은
소지를 올릴 때까지 나타나지 않았다

아내의 말이 맴돈다 '종가가 밥 먹여주나'
울컥 솟는 엉뚱한 상상 삭이느라 애먹는데
종택을 뒤덮은 감나무, 잎 하나 들 힘 없다

찢어발긴 책갈피가 서러움에 출렁인다
아직도 떫은 생밤을 혼자 깎고 있는지
어둠을 죄 빨아들인 아내의 방만 반짝인다

맨발, 어머니

소독내가 배어 있는 하얀 이불 밑으로
먼 길을 가기 위해 뼈만 남긴 맨발이
정물의 수채화처럼 가지런히 나와 있다

갈라 터진 각질 사이로 맨발이 끌고 왔을
잎맥처럼 스며 있는 발섭의 길과 길들
눈 익은 길 하나 골라 조심스레 디뎌본다

불현듯 사방 풍경 가파르게 일어서고
너설 사이로 이어지는 안돌이 지돌이에
거리를 좁힐 수 없는 맨발이 걷고 있다

삼베 빛깔 햇살 아래 보릿자루 이고 있다
조붓한 삽짝 안으로 발등거리가 걸려 있는
문패도 지번도 없는 토담집이 다가선다

탁발의 보릿자루가 쪽마루로 내려서자
누렇게 뜬 얼굴들이 우르르 몰려나온다

언젠가 본 듯한 얼굴, 잊고 싶은 얼굴이다

서둘러 길을 빠져 다시 발을 더듬는다
팽팽하던 고집들이 빠져나간 자리에는
길섶의 자갈들만이 우둘투둘 만져진다

토담집을 혼자 이고 수행자처럼 걷던 발
그러나 가야 할 길은 아직 남아, 맨발은
마음을 다시 들메고 며칠째 수혈 중이다

감자꽃

꽃은 결국 피지 않았다

해를 바꿔 이어지는 가뭄

물리도록 감자를 쪄내던
무쇠솥도 텅 비고

다 시든
자주 빛 꽃으로
보릿고개 넘던 아이들

폭설

허물어진 돌담 너머
굽은 등이 손짓한다
어서 들어가라고
서로 나는 괜찮다고
숫눈 위
또 눈이 내려
샛길마저 지운 아침

작은추석

종일
길만 내다보던
낮게 엎드린 오두막집
두레상 수저들이
소리 없이 내려서고
지친 밤
젖은 창호지
달빛 자꾸 번진다

한여름 밤

쉼 없이 달려오다 엔진을 끄자
기다렸다는 듯

여기서도 개굴개굴
저기서도 개굴개굴

천지간 개구리 울음소리

발 디딜 틈이 없다

늦겨울

여린 햇살 짱알거리는 마당가에 쪼그려
낙숫물 헤아리다 새로 물길 터주며
혼자서 중얼거린다
저리 쉽게 갔으면

보름을 먹은 달이 창호지에 난을 치고
도르르 어둠 말아 모로 누운 야윈 등
봄날을 꿈꾸는 걸까
실바람에 뒤척인다

술래잡기

동무들은 어디에다
몸을 꼭꼭 숨겼을까

술래가 되어

잠시
눈을 감았다 뜨는 사이

나 혼자 거울 앞에서
흰머리를 매만지네

겨울 농촌

가마솥 아궁이에 옹그린 아침 햇살
곶감은 세상 구경 지붕 위로 올라서고
볕 좇다 잠이 든 황소 바위 되어 누웠다

어떤 귀소歸巢 1

꽃대도 벌레 울음도 다 삭은 저녁나절
옥탑방 두릅 엮인 가파른 골목길로
입덧 난 살진 붕어가 거슬러 올라온다

난바다를 떠돌다 빈손으로 되돌아와서
등피 낡은 집어등 아래 털모자 눌러쓴 채
허기진 살림망 채울 낚싯대 드리운다

입질 잦은 골목이라 더러 찌가 흔들린다
손끝으로 이어지는 흰 활등 그 팽팽한 긴장
낚아챈 물고기마다 탁본 뜬 듯 잔챙이다

건져 올린 가난들이 쑥스럽게 누워 있다
지느러미 파닥거리다 서로에게 기댄 붕어
귀소를 꿈꾸는 걸까, 두 눈 지긋 감고 있다

어떤 귀소 2

깊고 어둡던 우물 손 닿을 듯 얕디얕다
저 속에 무얼 빠뜨려 다시 돌아왔을까
되비친 얼굴 조각이 파문으로 일그러진다

툇마루 지키고 선 빛바랜 액자 하나
소 판 돈 움켜쥐고 새벽 기차 타러 가다
수없이 흔들리던 심지 시구詩句 외며 다잡았다

그대 속일지라도 슬퍼하거나 노하지 말라*
남루만 진화하던 집 텅 빈 외양간에서
얼마나 속을 태웠을까 서까래가 새카맣다

가슴의 못을 뽑듯 문빗장을 걷어낸다
아버지의 젖은 생을 널어 말리던 횃대
손 닿자 기다렸던가 삭은 채로 내려앉는다

켜로 앉은 먼지 털며 아랫목은 다시 끓고
동구 밖 내다보다 목만 길게 키운 굴뚝

58

참았던 끽연의 갈증 무더기로 풀어낸다

어떤 귀소 3

강바람이 소작하던 열두 배미 마른 골에
풀물 오른 산새 소리 제 둥지를 틀고
엎드린 논 거웃마다 문중 이룬 개망초꽃

식판 들고 줄 선 공원 자리 두고 실랑이다
가난도 버릇이라며 당신 대에서 끝내려던
짓무르고 허리 접히던 종답宗畓을 떠올렸다

설익은 연모들이 자주 손을 벗어나고
여물어진 햇살들이 정수리에 꽂힐 때는
꿈에 본 네온 불빛이 어지럽게 휘날렸다

다시 밟지 않으려던 가풀막진 그 길로
흩어진 소식 모으고 더러는 생기 돌아
내 생애 마지막 카드로 돌아오던 한여름

3부

화첩 기행 1

오종종한 징검돌이 샛강 건너는 배경으로
미루나무 두엇 벗 삼아 길 나서는 물줄기와
기슭에 물수제비뜨는 아이들도 그려 넣는다

여릴 대로 여리더니 어깨 맞댄 물길들이
군악대만 봐도 울렁이던 맑은 서정을 삼키고
여울은 화폭을 휘적시며 세차게 뒤척인다

구도마저 바꿀 기세로 홰를 치며 내달리다
분 냄새 이겨 바른 도회지 그 풍광에서
네온 빛 그리움에 젖어 물비늘 종일 눕는다

어느새 귓가 허연 강가 풀빛 아이 불러내며
캔버스를 수놓던 현란한 물빛 지운 채
꿈꾸던 역류를 접고 강은 암묵으로 흐른다

화첩 기행 2

폭포 소리 휘몰아친다
강하게 그러나 화려하게
절창의 한 대목을 풀어놓은 가을 캔버스
제 노래 겨워 겨워서 산과 산이 자지러진다

굿판은 끝이 났다
주연은 이미 가고
추임새로 덧칠하던 꾼들마저 하나둘 떠나
늦은 밤 불 꺼진 무대, 시나브로 무너진다

뉘우침이 밀려온다
섣달 초입 그 한기처럼
버릴 거 다 버리고 구원하듯 팔 벌린 나무
나이테 또 하나 그리며 속절없이 여위어간다

이제 붓을 놓으려나
다독이는 침묵의 말들
화폭마다 다복다복 내려 여백을 채워 넣고
순백의 적요 속으로 풍경들이 걸어간다

화첩 기행 3

절뚝이는 장롱 한쪽 떠받치던 스케치북
긁다 만 복권처럼 미완의 스크래치
사라진 먼 기억 저편 그립고도 그립다

두껍게 발린 어둠 조심스레 벗겨본다
지나는 칼끝마다 도드라지는 생채기들
가슴을 콕콕 저미는 묻어둔 통점이다

무얼 더 기다리며 여태까지 덧칠하나
경계를 넘나들며 지워버린 풀빛 유년
수줍은 얼굴 얼굴이 언뜻 고개 내민다

설렘이 자갈거리며 길 나서는 이삿날 아침
켜로 쌓인 막을 걷자 파스텔 환한 풍경
접혔던 푸른 꿈들이 포르르릉 쏟아진다

화첩 기행 4

가파른 날들이 자꾸 야윈 등을 떠밀던 날
바다를 꿈꾸던 골짝 깊은 산에 올라
유월이 부르는 노래를 붓으로 받아 적었다

화지 윗동에 선염으로 쪽빛 하늘을 깔고
먹줄을 퉁기듯 한 뼘 아래 수평선을 긋자
검푸른 건반을 두드리며 능선들이 출렁인다

우뚝 멈춘 붓 끝에서 가파르게 솟은 암벽
때마침 부는 바람 부푼 돛을 높이 올리고
먼 바다 옛이야기를 골짜기마다 부려놓는다

물결 따라 쉼 없이 뒤채는 찌든 생각들
여백마다 보란 듯 죄다 풀어놓으면
잎새는 은어 빛 이랑 조리질로 걸러낸다

닻을 내린 수심을 길어 벼루에 얹어 갈고
호흡을 가다듬어 다시 붓을 바싹 당기면

시위에 활을 얹은 듯 화폭 함께 고요해진다

팽팽히 떠난 붓 끝은 화폭을 가로지르고
유월의 산이 부르는 푸른 바다의 노래
내 안에 길게 누운 개펄 일어서라 채근한다

화첩 기행 5

눈 내리는 어둑새벽 물 한 대접 빌어두고
화실 그득하도록 두루마리 펼친 다음
칠흑의 어둠을 찍어 백두대간 그려본다
천지에서 백록까지 한 붓에 내리긋고
갈피로 사방팔방 지맥들을 엮어가자
흰 눈을 흠뻑 뒤집어쓴 범 한 마리 만난다
곤추선 암벽 딛고 뻗치고 선 앞발 뒷발
바싹 당긴 허벅지에 힘살들이 꿈틀대고
봉긋한 봉우리마다 등뼈들이 일어선다
시린 쪽빛 바다는 발아래 에둘리고
눈빛으로 안성맞춤인 설령봉 그 어디쯤
붓 끝에 온 힘을 모아 화룡점정 하는 날
천년 잠에서 깬 장군 어제 일처럼 일어나
우람한 손바닥으로 백호 등을 후려치면
주작과 현무 청룡이 앞서거니 뒤서거니
잔망스러운 열도는 포효로 주저앉히고
지축 울리는 호령에 중원을 내달리며
북소리 활시위 소리 거침없는 말발굽 소리

파랗게 일었다 점으로 사라지는 눈보라
뭇따래기들이 내어준 저 광활한 여백에
웅보의 나의 첫발을 슬쩍 넣어보느니

세한도를 읽다

가시나무 울 너머 발자국 하나 없는 집
화지를 등진 채 가부좌를 틀고 있는
면벽의 마른 어깨가 바람벽에 흔들린다

뒤처지는 나라를 끌다 섬으로 밀려나고
두고 온 시절과 그를 버린 도회 생각에
추사는 해가 바뀌어도 붓을 들지 못했다

바림으로 걸려 있던 어둠이 화지를 적시자
형형한 그의 눈빛만 어둠 속에서 빛난다
오래된 뭍의 소식은 두렵고도 그리웠다

화지를 접었다 펼치기를 얼마나 하였을까
동살이 잡힐 무렵 바라지로 기척이 나고
세한의 송백 같은 사내가 방으로 들어선다

시절이 달라져도 한결같은 사내 걸음에
젖었던 마음자리가 환하게 까슬까슬해지고

서둘러 먹물을 갈아 붓을 곧추세운다

문기 푸른 잣나무와 소나무를 두르고
해풍에 문드러진 시간을 두루 채우자
갈필의 나뭇잎마다 햇살이 내려앉는다

한려수도에서

그렇게 순한 바다를 나는 처음 보았네
비에 젖은 그리움을 달래지 못하던 날
바다나 실컷 보자며 홀로 떠난 남녘 길
산 사이로 갈마들며 언뜻언뜻 보이다
마침내 제 모습을 온전히 드러낸 바다는
첫사랑 그녀 눈빛처럼 깊고도 고요했네
바닷새들 울음 따라 휘움해진 해안선에
목덜미 가는 해안을 더듬는 명지바람
등 푸른 물고기 떼가 풀어놓은 물보라들
그렇게 고운 바다를 나는 처음 보았네
바다를 떼어 파는 사내들의 사투리가
일일이 점호를 하듯 등불 불러내는 저녁
울컥 등진 사랑에 게워낸 토악질은
항구가 밀어내는 네온과 범벅이 되어
그 순한 바다의 수면을 도배하고 있었네
갑자기 말문을 닫고 떠나버린 그녀처럼
어둠을 푼 바다는 하염없이 적요해지고
보름을 밀어 올린 섬 말없이 돌아누웠네

상처 난 어깨마다 서로서로 어루만지며
둥글어지는 몽돌 소리 얼마나 읊조렸을까
푸르게 젖던 새벽이 썰물처럼 빠져나가네
은빛 돛을 펄럭이며 걸어오는 아침 햇살
투정과 술주정을 다 받아들인 바다는
돌아선 섬들을 다독여 점점이 뿌려놓았네
하얗게 지새우며 출렁이던 가슴은
저 넓고 순한 바다처럼 다시 평온해지고
닫았던 마음의 문을 활짝 열어젖히네

애기봉*에서

귀밑머리 허옇도록 쪽배 한번 띄우지 못한
스크럼 짠 깃발들이 버티고 선 잿빛 나루
판화로 찍어 바른 듯 강은 종일 누워 있다

뱃노래 한 소절이면 오고 갈 강폭인데
애기 울음마저 삼킨 알 길 없는 저 수심
표정을 지운 물살이 뼛속까지 서늘하다

건너지 못한 바람心들이 갈대 위로 서걱댄다
허리 접힌 목선들은 세월만 쌓아두고
강물은 또 멍이 든 채 절룩이며 가고 있다

잠시 숙연했던 시간, 필름 속에 담아둔다
햇살 쨍쨍한 연병장엔 군인들의 날 선 함성
제풀에 놀란 새들이 강을 건너고 있었다

* 병자호란 때 평양감사와 그의 애첩인 애기愛妓의 슬픈 사랑 이야기가 서린 곳.
  북녘 땅을 육안으로 건너다볼 수 있어 관광객의 발길이 끊이지 않는다.

독도 기행

독도로 가는 배에 어린아이 칭얼댄다
어른도 험한 뱃길 어쩌자고 태웠을까
행여나 저 뱃머리를 되돌리지 않을까

아버지 그 아버지가 물려주신 섬인데
밀항선 탄 사내처럼 가슴은 왜 바장이나
뱃전에 와락 부딪히며 말 더듬는 물너울

일 년에 한 달 남짓 빗장을 여는 섬에
할아버지 내리 쌓은 그 덕으로 발 디딘다
깊숙이 고개 숙이며 떨리는 첫발 내딛는다

칭얼대던 아이가 섬에 내려 오줌을 눈다
힘이 오른 새끼 호랑이 제 영역 표시하듯
온몸을 부르르 떨며 시원하게 내갈긴다

이제야 알겠느니 저 어린것의 동행을
촛대바위 숫돌바위 증인으로 둘러서서
조용히 오줌을 받는 섬, 천지가 고요하다

대동여지도

달포 넘게 동여맨 들메끈을 풀어내자
발덧이 나 부르튼 사내의 발바닥에
뒤엉킨 실타래 같은 길들이 누워 있다
설피를 대고 걷던 북녘의 자드락길에서
남도 땅끝마을로 몰아가던 고샅까지
허기져 빈창자같이 꾸들해진 길들이다
잿길로 오르다가 너설 새로 사라지고
걸어온 길을 지우며 벼룻길로 숨던 길
발바닥, 그 넓은 품에 새근새근 자고 있다
달래고 길들여서 다시 내보낼 길들
뒷배가 될 나무 골라 대패로 밀어낸다
결 따라 드러나는 속, 눈부신 도화지다
백두에서 지리까지 한 붓에 내리긋고
갈필로 사방팔방 지맥들을 그려가면
등뼈로 우두둑 솟는 갈기 세운 봉우리들
봉우리들 달리다가 목마르면 축이라고
속 깊은 계곡마다 흘려보낸 쪽빛 강물
갈증에 목마른 길들 하나둘 눈을 뜬다

그 길들 이름 붙여 산하에 걸친 다음
사내 얼굴 새파랗게 입김을 불어 넣자
잠에서 깨어난 길들 뱀처럼 꿈틀댄다

천성산*에서

묵언의 안거에서 깬 산정의 화엄 늦은
때 이른 산돌림으로 묵은 때를 벗기고
돌 틈에 갓 핀 꽃망울을 숨겨두고 있었다

산이 내민 젖꼭지를 앙증맞게 빨아대며
수줍게 등을 돌린 얼레지와 은방울꽃
해맑은 눈웃음을 좇다 하산길을 잃었다

도롱뇽을 살리려고 백 일을 굶었다는
산지기 비구니의 깡마른 목을 빼닮은
나목이 가로막고서야 잘못 든 걸 알았다

부처와 중생들이 둘이 아닌 하나이듯
굽은 길도 바른길도 하나라며 걸었는데
곁길은 부르튼 발을 도계 밖에 부려놓았다

불을 켜는 산 아래는 한 폭의 장엄한 꽃밭
오체투지의 벌레도 시간에 목맨 저 불빛도

종내는 미답의 어디선가 서로 만날 터인데

경계가 어디이든 저만 빨리 닿고 싶은
철부지 광속을 위해 자궁을 다 들어내고
마지막 보시를 하는 산
산은 혼자 앓고 있었다

* 경남 양산에 있는, 높이 922m의 산. 산 아래로 경부고속철도의 긴 터널이 지나
간다.

게와 물고기가 있는 가족*

흰 소가 지나간 발자국을 따라 게들이
불거져 눈물마저도 이내 말라버리는
왕방울 눈을 굴리며 젖은 몸을 말린다

고단한 눈망울과 굽은 발을 들여다보면
소를 끌고 바다를 건넌 발가락**이 떠올라
온종일 허기가 져도 게는 삶을 수가 없다

영각을 쓰며 버티던 어미 소의 울음과
젖을 갓 뗀 송아지의 선지 빛 울음이
저무는 서귀포 바다에 노을로 타는 저녁

천도복숭아가 먹고 싶다 보채던 아이들은
은박지로 벽을 두른 한 뼘 방 안에서
물고기 무등을 타고 해와 달을 굴리고

약속을 지키지 못해 돌아앉은 항구에
호롱불들이 하나둘 잠길 때까지, 그는

먹지도 못할 게들만 자꾸 그리고 있다

* 화가 이중섭의 그림.
** 이중섭이 아내 마사코를 부를 때의 애칭.

판화 한 점으로 남은 포구

생선 굽는 냄새가 화면 가득 찍혀 있다
이발소 그림 같은 밤 포구를 배경으로
음각의 마른 사내가 소주잔을 기울인다
바닷새를 꿈꾸던 날치 마주 보고 누워 있다
가끔 먼 수평선이 열고 닫는 문 사이로
파도를 끌고 들어와 술청이 출렁인다
'나도 날고 싶었지, 저 바다 너머로'
묵언의 날치를 툭툭 집적대던 사내
물 낯선 항구 빼곡한 수첩을 꺼내 든다
'이 포구가 날 묶었지, 사랑이 뭔지'
눈만 멀뚱한 날치 움찔 몸을 뒤집는다
칼자국 지나간 자리 배때기가 하얗다
검푸른 물때가 등가죽에 쌓인 날치
심해에 가두었던 살점들을 발라내자
잠자리 여린 날개처럼 잔가시만 남는다
사내의 얼굴 위로 조각도가 지나간다
긁어내야 할 곳이 더 많은 늙은 사내
골 깊은 주름진 이마 고단함만 남아 있다

'난 이제 날아갈 거야, 저 바다 너머로'
사내의 서툰 날갯짓에 술판이 기울고
비상을 꿈꾸던 날치 함께 퍼덕거린다
사내에게 시달리던 술청도 불이 꺼지고
짧은 고요를 건넌 섬, 해미를 토해내며
갓 건진 비릿한 풍경을 널어 말리는 사이
조각도가 어둠을 동그랗게 말아 올려
마침내 드러나는 햇살 환한 아침 포구
사내도 날치도 없다
바다를 건넜을까

하잠리*에서

휘파람새 울음 짙어 휘움한 오솔길을
어린 날의 꿈결인 듯 지망지망 걸어가면
잊으려 묻은 기억이 산국으로 핍니다

차오르는 물길 따라 섬이 되어 홀로된 산
뭍 내음 그리워서 시나브로 여위어가고
호수에 발을 담근 채 수심에 잠깁니다

바람도 숨을 죽여 유영하는 어린 별들
언젠가는 되돌아가 소꿉놀이 그리면서
수장된 옛이야기를 꿈속에서 건집니다

* 울산시 울주군 삼동면에 있는 마을. 댐 건설로 마을의 대부분이 물에 잠겼다.

폐교에서

녹슨 철길을 배경으로 시간 여행 떠난 교실
그림 속 아이들은 아득한 바다로 가고
환청만 재재거리며 거미줄에 걸려 있다

저요! 저요! 풀꽃들이 손 흔드는 운동장
밀려난 잿빛 바람 홀로 그네를 타고
어느새 늙은 동상이 햇발 아래 졸고 있다

고래잡이 아이들은 길을 잃었는데
마을을 밝혀주던 횃불마저 꺼뜨린 채
폐교는 만선을 기다리며 부둣가로 나앉았다

널문리*에서

오백 원 동전 넣고 북창을 바라본다
눈 익은 산과 들이 잡힐 듯이 다가서고
잊고 산 옛이야기들이 무성영화로 펼쳐진다

아랫동네 마실 가듯 못자리 물 대러 가듯
이웃집 아재 같은 렌즈 속의 늙은 농부
어깨에 걸친 연장도 날 무딘 조선 괭이다

렌즈를 내려놓자 풍경 다시 팽팽해진다
붉은 완장의 저 사내도 돌아선 사랑에
불 꺼진 방으로 돌아가 하얗게 지새우는 밤 있을까

한 무리의 외국인들이 우르르 몰려다니다
나눈 땅금 이쪽저쪽 장난삼아 넘어본다
저들은 환히 웃는데 내가 왜 가슴 졸이나

표정 없이 드러누운 돌아오지 않는 다리
수없이 망설이며 오고 갔을 발걸음들

아직도 남아 있을 미련에 가슴 또 먹먹해진다

* 판문점.

4부

벽시계

쓸쓸함이 둥지를 튼 도심 속 외딴섬에
빈집을 홀로 지키던 시계가 삶을 마감했다
평생을 감고 풀던 줄에 스스로 목을 감았다

한때 그의 위엄은 하늘을 찌를 듯했다
헛기침 몇 번에 식구들은 새벽잠을 설쳤고
밥때도 출근길에도 그의 얼굴만 쳐다봤다

시간과 힘 겨루다 차츰 뒤로 밀려나고
느려터진 발걸음이 입질에 오르내렸다
혼자서 먹는 밥이 쌓이고 어느 틈에 잊혀졌다

누군가 올 것만 같아 열어둔 문틈으로
지나던 고물상이 오랜 주검을 발견했다
마지막 시곗바늘은 자정을 향하고 있었다

부음도 상주도 없이 떠나는 새벽 먼 길
옥죄던 쓸쓸함을 소지에 적어 올리자
완강히 버티던 어둠이 길을 트고 있었다

설날 아침

개 한 마리 얼씬 않는
숫눈길 헤매다가
인터넷 검색창에
엉겁결에 쳐본 '귀향'
넘기는 페이지마다
가고 싶다 가고 싶다

마당 너른 큰집과
자글거리는 아랫목을
두레상에 둘러앉아
비벼 먹던 제삿밥을
누구는 젖은 목소리로
오마니를 이야기했다

압축된 파일들이
풀려나는 길과 길들
물꼬 트인 그리움도
화면 밖으로 밀려 나와

베갯잇 흠뻑 적시는
눈 오던 설날 아침

강가에서

여물다 만 꽃씨를 따 언 강가에 뿌린다
바람결에 여위어가는 갈대들의 울음소리
노을 진 물빛 가르며 길 떠나는 빈 배 하나

왕거미가 사는 골목

쪽방촌 골목골목은 커다란 거미줄이다
여기 사는 왕거미는 철저한 육식성이다
곳곳에 내걸려 있는 먹잇감을 보면 안다

높은 창문에 매달려 서툰 날갯짓을 하다
어깻죽지 꺾인 채 쪽방으로 밀려난 노인
끈끈한 그물에 걸려 몇 년째 자리보전이다

잠자리 날개옷으로 밤거리를 유혹하던
폐지 수집 할머니도 절반 접힌 허리로
거미가 파놓은 허방에 풍덩 빠져버렸다

서둘러 문을 닫는 겨울 초입 이른 저녁
골목길 어느 쪽방에서 먹이가 또 걸렸는지
납작이 엎드린 집들 아찔하게 출렁인다

문수를 찾아서

문수에선 문수에 가려 문수를 보지 못했다
귀 닳은 책을 뒤지다 짐을 꾸려 나선 길
한 굽이 또 돌아서면 산도 물도 첩첩이었다

고운 새소리가 펼친 환하고 장엄한 꽃밭과
누대에 갈아먹을 푸른 벌판을 떠올리며
호흡은 거칠어지고 걸음은 자꾸 빨라졌다

해진 손금처럼 풀려 망설이던 갈림길에
제복 입은 사람들이 지름길을 팔았으나
몰리는 사람들 뒤로 지친 발걸음을 놓았다

발과 관절이 붓고 꺾여 걷기조차 힘들 때
문수를 만나면 따지리라 다짐하기도 했다
당신은 왜 사람들이 당신을 찾게 만드는지

소매를 잡던 어른들과 풀꽃이 지천이던
내 살던 곳이 꿈속에서 자주 떠오를 즈음

문수가 그곳이라는 걸 알게 되었다

해가 떨어지기 전에 돌아가고 싶은데
너무 멀리 와버렸고 많이 변한 나를
이제는 문수가 다시 받아줄지 모르겠다

우수

삼동의 긴 고요를 홀로 견딘 풀막 한 채
언 손 비비며 얼음 풀린 강가로 나와
다 닳은 신발을 들고
건널까 망설이고 있다

오일장에 나온 구두

따뜻한 발 한번 품어보지 못한 구두
어쩌다가 여기까지 밀려오게 되었을까
굽 닳은 헌 구두처럼 몇 번이나 수선된 꿈

한때는 백화점의 화려한 불빛 아래서
매끈한 허리와 오뚝한 콧날 앞세워
발길을 오래 붙잡던 뾰족구두 한 켤레

보세 가게 뒷골목에서 눈길을 튕겨보다
남은 객기는 이제 마대 자루에 담아두고
오일장 난전 마당에 제 몸을 맡기고 있다

눈가 푸르죽죽한 오색다방 미스 김
자기를 닮은 듯한 콧대 높은 구두를
몇 번을 딸막거리다가 슬며시 놓아준다

오늘도 주인을 기다리는 빨간 구두 한 켤레
옆자리 신발들이 들렸다가 놓일 때마다
가슴은 여전히 청춘, 봄날처럼 쿵쾅거린다

시줏돈

손주가 준 용돈 오만 원
꼬깃꼬깃 갖고 다니다

천 원으로 잘못 알고
시주함에 덜렁 넣고는

벙어리 냉가슴 앓듯
밤새 끙끙대는 할머니

태화강에서

이름 한번 갖지 못한 갈풀들만 서성이는
뭉크*의 절규 같은 핏빛 노을 타는 강가
발등을 다친 물살이 절며 절며 가고 있다

어스름이 가등을 끌고 와 수면을 도배한다
향수 짙은 밤 화장에 나루 다시 들뜨고
공단工團은 네온 불빛을 밤새워 게워낸다

켜로 앉은 회색 비늘 말없이 걷어내며
어둑새벽 여우비로 지친 속을 푸는 강
먼저 온 철새 한 마리 물굽이를 훑고 있다

여명을 밀고 오는 맑디맑은 기적 소리
아이들이 띄운 물수제비 물살 퐁퐁 가르고
동트는 물안개 속으로 볕살들이 곰실댄다

* 노르웨이의 화가.

꽃 파는 사내

화강암 빛 산그늘이 발묵潑墨으로 젖는 저녁
마티에르 기법처럼 켜켜이 남루를 걸치고
박수근 그림 속으로 꽃 장수가 들어선다

꽃대도 이파리도 없는 송이만 덩그런 꽃
달큼한 사카린에 뽀얀 밀가루가 만든 꽃
낯빛을 지운 사내가 국화꽃을 팔고 있다

앞만 보고 가버리는 아기 업은 단발머리
파리한 가로등도 어둠을 뒤집어쓴 채
골목을 벗어나는 길은 비춰주지 않는다

밤 깊도록 어둔 미로 끝없이 돌던 사내
양철 지붕 다락방에 젖은 몸 길게 누이면
달빛이 먼저 찾아와 서툰 잠을 다독였다

잘 익은 국화빵처럼 달게 늘어진 주말 저녁
계절을 멀리 지나온 달력을 떼어내다
눈 익은 풍경 한 점을 벽에 다시 걸어둔다

꿈꾸는 목어

겨울 안거 치르느라 수척해진 연화산
숨겨둔 암자들을 하나둘 드러내고
차양 댄 햇발 아래서 해바라기하고 있다

단청은 해어져서 속살 뵈는 백련암에
박자 잃은 풍경 소리 먹은 귀로 외우더니
온종일 불경을 풀어 목이 쉰 목어 한 마리

속마음을 비워내어 산사까지 오르고도
방랑벽은 어쩌지 못해 구슬을 깨물었나
등 굽은 지느러미엔 굴레마저 매달았다

아득한 바다 그리며 뜬눈으로 지낸 날들
진초록 바람결에 사려의 눈빛 빗질하고
유영을 또 꿈꾸는가 비늘 깃을 세운다

손

실리콘으로 부푼 소문이 무성한 밤거리
손톱 밑이 까만 손이 주머니 속에서
구겨진 지폐 몇 장과 실랑이하고 있었다

새벽녘 감나무 아래 물 한 대접 올려놓고
커다란 원을 그리며 꿇어앉은 갈퀴손이
어두운 골목을 헤매던 까만 손을 끌어냈다

눈칫밥을 긁어대던 손톱 밑이 까만 손도
시간과 바람에 씻겨 어느새 정갈해지고
떨림도 망설임도 없는 매운 손이 되었다

간절히 합장하던 갈퀴손도 이젠 없어
누군가 손을 내밀어도 펼 줄 모르는
밤새워 격문을 쓰던 뽀얀 손을 내려다본다

권태

문자 하나 오지 않는 휴대폰만 들여다보다
삼시 세끼 다 잊고 잠자리에 누운 밤
졸음과 배고픔 사이 팽팽한 줄다리기

묵밭을 다시 갈며

흘러간 유행가를 몇 소절 주절대다
미련 두지 말자며 갈아엎은 생각의 이랑
달포도 넘기지 못해 되돌아온 묵정밭

갈아야 할 이랑은 거칠고 아득한데
한갓되이 푸른 꿈만 부풀다 이운 자리
눈 뜨지 못한 씨앗들 수줍게 누워 있다

낯가리는 연장들을 다시 불러 다독이고
이끼 낀 생각들을 추스르는 이른 봄날
연두 빛 이랑 사이로 볕살들이 곰실댄다

밥줄

길마다 주차장이 된
설날 휴게소 분식 가게
한 줄이 두 줄 되고
두 줄이 석 줄 되더니
서로가 적자라며 우기다
한순간에 무너졌다

믿었던 밥줄이 끊기자
사람 좋아 보이던
아저씨 할머니도
흙으로 빚은 얼굴이다
아득히 먼 강을 건너온
다른 세상 사람이다

세한의 지하도

마지막 패를 쥐고 오르던 세밑 새벽
서울역 앞 지하도서 낯익은 그림 보다
싸늘한 대리석 바닥 한 점 소묘로 남은

가던 길 잊어버리고 주저앉은 운동화
숨길 도리 없었겠지, 터진 실밥 사이로
새까만 발가락들이 오슬오슬 떨고 있고

바람벽으로 드리운 사선의 종이 박스
허기를 채우지 못해 모로 누운 빈 병 하나
일부러 구도를 맞춘 정물화의 모티브다

뒷골목 헤집던 바람 잔허리 들쑤신다
삭정이 태워가며 한때 빛을 내던 몸
언제쯤 정물을 빠져 뭍으로 오를 건가

명료하게 짚여오는 지상의 해장국 내
공복의 긴 터널 도리 없이 그림 속인데
왔던 길 되짚어가는 남녘행 기적 소리

연날리기

말갛게 닦인 하늘가 별박이로 떠오른다
처음 데리고 나간 바람 세찬 들판에선
발치에 맴돌기만 하다 돌아오기 일쑤였다

잘 익은 바람 들자 말똥지기 손을 벗고
가시나무 연줄 걸리듯 어깨 닿는 동무들과
강 건너 세상 구경 뒤 자꾸만 멀어진다

참을 수 없을 만큼 사이가 팽팽해지고
풀며 죄며 잡아채다 줄을 놓자 기다린 듯
불 지핀 노을 그 너머 유성으로 사라진다

생각 많은 별만 남아 뒤척이는 새벽하늘
떠나버린 어린 별을 이제 그리지 않는다
저 둥근 대지를 따라 돌아오는 별들 보며

이른 봄에

가랑가랑 내린 비가 잿빛 하늘 헹군 아침
그리다 만 수묵화에 산과 들을 채색하면
호수에 물테 번지듯 붓 끝마다 초록 종소리

다리 절며 오던 햇살 산모롱이 비껴 서면
잎새마다 옛이야기 은어 빛 몸살 앓고
뒤늦게 찾아든 봄날이 귀 기울여 앉았네

기원 탐색과 변방 옹호의 심미적 화첩
김종훈의 시조 미학

유성호 문학평론가 · 한양대 국문과 교수

1

　최근 우리 시조가 들려주는 음역音域은, 자유시를 주류로 삼아온 '근대'에 대한 일정한 반성을 토대로 하고 있다. 이는 우리가 잃어버린 미학적 원형을 탐색하는 기능을 떠맡고 있는 것이기도 한데, 다시 말해 그 안에 이른바 반反근대의 열정을 깊이 매개한 것이라고 할 수 있다. 이러한 경향은 '현대성/시조다움'의 충실한 결속을 과제로 내걸었던 현대시조가, 율격의 해체나 이완을 무분별하게 보여온 자유시에 대한 대안적 양식임을 확연하게 알려준다. 그만큼 현대시조의 과제는 자신의 고유한 양식적 기원을 충실하게 견지하면서, 그 안에 다양하고도 새로운 사물과 인생의 구체성을 담아내야 한다는 것으로 모아진다고 말할 수 있다.

우리가 읽게 될 김종훈의 첫 시조집『화첩 기행』은, 삶의 다양하고도 새로운 외관과 심층을 두루 보여주는 심미적 화첩畵帖으로서, 이러한 현대시조의 대안적 가능성을 어떤 정점에서 보여주는 실물적 사례이다. 이번 시집에서 보여주는 김종훈의 정형 미학은 우리의 사유와 감각을 질서 있는 양식적 구심으로 인도하면서도, 정형이라는 외적 제약을 자유로운 시상과 호흡으로 넘어서려는 지향을 함께 성취하고 있다. 그럼으로써 그는 정형 안에서의 절제와 확장을 동시에 획득해간다. 그래서 우리는 그가 들려주는 목소리를 통해 직관적이고 고요한 세계를 경험하면서, 동시에 삶의 격정과 열망을 유추해내는 꽤 강렬한 힘까지 경험하게 된다. 이번 시집에서 시인은 이러한 개성과 힘을 통해 삶의 성찰을 위한 표상들을 천천히 번져가게끔 한다. 이제 그 세계 안으로 들어가 보자.

2

먼저 김종훈이 시집 곳곳에 배치해놓은 단시조 미학에 주목해보자. 원래 가장 짧은 형식을 통해 가장 깊고 원대한 세계에 가 닿고자 하는 단시조의 양식적 욕망은, 시인으로 하여금 압축과 여백의 미에 대한 집착을 견고하게 가지게끔 한다. 물론 그것은 언어에 대한 근본적 부정이라기보다는, 언어의 과잉을 방법적으로 경계하려는 선택일 것이다. 따라서 언어 과잉을 세심하게 경계하려는 미학적 선택 행위가 단시조라는 양식을 통해 나타난 것이라고 말할 수 있다. 우리는 그 짧은 언어 양식을 통해 서늘한 인지 경험과 초월 경험을 동시에 치르는 것이다. 다음 시편들을 읽어 보자.

아내 몰래 숨겨둔
남도 바닷가 외딴섬
쌓인 눈을 핑계대다 해를 넘겨 찾았더니
저 혼자
기다리다 지쳐
목을 뚝뚝 꺾고 있다
　　　－「동백꽃」 전문

여물다 만 꽃씨를 따 언 강가에 뿌린다
바람결에 여위어가는 갈대들의 울음소리
노을 진 물빛 가르며 길 떠나는 빈 배 하나
　　　－「강가에서」 전문

　한겨울 지나 찾아간 '동백꽃'은 남도 외딴섬에서 기다림에 지쳐 "목을 뚝뚝 꺾고" 있고, 겨울 '강가'의 풍경은 "여물다 만 꽃씨"를 품은 채 갈대들 울음소리와 "길 떠나는 빈 배 하나"의 고적한 영상을 두르고 있다. 그렇게 "결 따라 드러나는 속, 눈부신 도화지"(「대동여지도」)로 존재하는 자연 사물들은 김종훈 시편의 가장 지배적 제재라고 할 수 있다. "낙숫물 헤아리다 새로 물길 터주며"(「늦겨울」) 존재하는 자연 풍경과 시인의 주밀한 시선은 이렇게 견고하게 결속하면서, '단시조'라는 좁은 틀이 오히려 가장 심미적인 형상을 가능케 한다는 역설을 증명한다. 그래서 그에게 '단시조'는 옹색한 공간이 아니라 절제와 함축을 가능하게 하는 미학적 장치라 할 것이다.

엄마는 오지 않고
시렁에는 식은 고구마
섬돌 위
동구 밖 내다보던
까만 고무신
마당엔 쌀밥 같은 송이눈이
고봉으로 쌓이네
　　　　－「고봉으로 쌓이는 눈」 전문

허물어진 돌담 너머
굽은 등이 손짓한다
어서 들어가라고

서로 나는 괜찮다고
숫눈 위
또 눈이 내려
샛길마저 지운 아침
　　　　　　　－「폭설」 전문

　역시 겨울의 표상이라고 할 수 있는 '눈/폭설'의 이미지를 개성
적으로 그린 이 단수 두 편은 김종훈 시학의 섬세함과 조형력을
잘 보여준다. 엄마가 오시지 않는 저녁에 소년의 눈에 들어온 것
은 "식은 고구마"와 "까만 고무신" 그리고 "쌀밥 같은 송이눈"이
다. 색채 대조가 확연해지면서 '고구마/고무신'의 음상音相 배치
도 귀에 가득 들어온다. 특별히 송이눈이 "고봉으로" 쌓인다고
함으로써 저녁 허기가 찾아온 소년의 정직한 언어를 만나게 해준
다. 하지만 우리는 그보다도 소년의 시선이 옮겨 가는 과정에 주
목할 필요가 있다. 그것은 '시렁'에서 '섬돌 위'로 그리고 '동구
밖'으로 이동하면서, 옛적 우리 삶의 세목을 재현하는 동시에 동
구 밖을 간절하게 내다본 것이 결국 어린 시인 자신이었음을 알
게 한다. 그리고 다음 시편에서는 송이눈이 아니라 '폭설'이 등장
한다. 숫눈 위에 끝없이 눈이 내려 모든 길을 지운 아침에, 허물어
진 돌담 너머 손짓하는 "굽은 등"은 그 실재를 알 수 없다. 하지만
"어서 들어가라고 / 서로 나는 괜찮다고" 하는 떠남과 배웅의 순
간을 암시하는 이 표현은, 마치 김종삼의 명편 「묵화墨畫」처럼 서

로에 대한 짙은 연민과 사랑을 '폭설'이라는 절대상황 안에서 산뜻하게 이루어낸다. 그러니 이러한 겨울 풍경이야말로 "삼동의 긴 고요를 홀로 견딘"(『우수』) 시인 자신의 언어가 아니겠는가.

이처럼 김종훈의 단시조는 읽는 이들로 하여금 비어 있는 공간에 자신의 경험과 상상을 풀어 넣어 행간에 숨겨진 서사를 완성하게끔 해준다. 그 안에는 기다림과 울음소리, 떠남과 배웅의 일화들이 차곡차곡 쟁여져 있다. 그렇게 그의 단시조는 의미를 분명하게 설명하는 쪽에 서 있는 것이 아니라 의미를 응축하는 쪽을 지향하고 있고, 생략과 온축의 미학을 통해 구심력과 상상적 참여의 기능을 함께 강화하고 있다. 단연 시조 미학의 정화精華가 아닐 수 없다.

3

우리가 잘 알듯이 '기억'이란 서정시가 구현하는 시간 예술적 속성을 충족하면서, 한편으로는 인간의 가장 오래된 근원을 유추하게끔 하는 유력한 형질로 기능하는 원리이다. 그만큼 기억은 서정시가 오랫동안 쌓아온 핵심적 기율이고, 잊힌 것들을 복원하는 일에 심혈을 기울여온 시인들의 호환할 수 없는 경험적 방법론이기도 하다. 김종훈 역시 남다른 자신만의 기억을 통해 자신의 삶을 가능케 했던 어떤 근원을 사유하는 시인이다. 그만큼 그

의 중요한 시적 적공積功은 근원에 대한 사유와 감각을 통해 이루
어진다고 말할 수 있다. 요컨대 그의 시편은 그가 탐색하는 '기원
origin'이 궁극적으로 인간 본래의 위의威儀 혹은 존재 방식에 대한
철학적 성찰을 동반한다는 점을 잘 말해준다. 그러한 추구 과정
이 매우 구체적인 감각적 이미지를 통해 생성된다는 점에서, 그
의 시편들은 이채로운 성취에 값한다고 할 수 있다. 자기 기원을
추구하는 이미지 구현이 잘 나타난 다음 작품을 읽어보자.

소독내가 배어 있는 하얀 이불 밑으로
먼 길을 가기 위해 뼈만 남긴 맨발이
정물의 수채화처럼 가지런히 나와 있다

갈라 터진 각질 사이로 맨발이 끌고 왔을
잎맥처럼 스며 있는 발섶의 길과 길들
눈 익은 길 하나 골라 조심스레 디뎌본다

불현듯 사방 풍경 가파르게 일어서고
너설 사이로 이어지는 안돌이 지돌이에
거리를 좁힐 수 없는 맨발이 걷고 있다

삼베 빛깔 햇살 아래 보릿자루 이고 있다
조붓한 삽짝 안으로 발등거리가 걸려 있는

문패도 지번도 없는 토담집이 다가선다

탁발의 보릿자루가 쪽마루로 내려서자
누렇게 뜬 얼굴들이 우르르 몰려나온다
언젠가 본 듯한 얼굴, 잊고 싶은 얼굴이다

서둘러 길을 빠져 다시 발을 더듬는다
팽팽하던 고집들이 빠져나간 자리에는
길섶의 자갈들만이 우둘투둘 만져진다

토담집을 혼자 이고 수행자처럼 걷던 발
그러나 가야 할 길은 아직 남아, 맨발은
마음을 다시 들메고 며칠째 수혈 중이다
　　－「맨발, 어머니」 전문

　'맨발'의 어머니는 매우 실감 있는 이미지로 살아 나오신다. 시
인은 자신의 오랜 기억으로 돌아가, 지금 눈앞에 계신 "먼 길을
가기 위해 뼈만 남긴 맨발"의 어머니를 회상해낸다. "정물의 수
채화"와도 같은 어머니의 모습은 시인으로 하여금 자신의 기원
을 생각하게 하는데, 그 '맨발'이 고단하게 끌고 왔을 세월들, "길
과 길들", 가파르게 일어서는 풍경들이 그 기억에 동참한다. 그
오랜 세월 안쪽으로 어머니의 생애이기도 했을 "보릿자루"와 "조

118

붓한 삽짝", "문패도 지번도 없는 토담집"의 영상이 다가오고, 시
인은 그렇게 토담집을 혼자 이고 수행자처럼 걷던 어머니의 '맨
발'을 만지면서 아직 가야 할 먼 길을 위해 어머니와 함께하는 시
간을 붙잡아 매고 있다. 이러한 기억은 "한없는 귀향을 기다리며
제 속을 태웠"(「초록 똥을 누는 집」)을 어머니에 대한 가없는 헌사
이자, 자신의 아득한 기원에 대한 상상적 복원 의지에 의해 실현
된 것일 터이다.

이처럼 김종훈은 자신의 존재론적 기원 안에 놓여 있는 소중한
기억들을 찾아 나선다. 자신의 현재형을 가능케 했던 기억들을
인생론적 성찰의 시간으로 옮겨 가는 모습을 통해 남다른 삶의
깊이를 탐색하고 사유하고 표현한다. 이 모든 것이 시간의 흐름
위에 놓여 있는 삶을 노래하면서, 어머니의 삶이 자신의 깊은 뿌
리이자 본원적 실재라고 고백하려는 시인의 의지를 증언한다. 이
때 오랜 시간을 관통해 가는 그의 기억은 과거형을 재현하는 것
이 아니라, 지난 시간들을 원초적 경험으로 치환하고 동시에 그
것을 현재형과 연루시키는 적극적인 행위로 몸을 바꾸게 된다.

깊고 어둡던 우물 손 닿을 듯 얄디얄다
저 속에 무얼 빠뜨려 다시 돌아왔을까
되비친 얼굴 조각이 파문으로 일그러진다

툇마루 지키고 선 빛바랜 액자 하나

소 판 돈 움켜쥐고 새벽 기차 타러 가다
수없이 흔들리던 심지 시구詩句 외며 다잡았다

그대 속일지라도 슬퍼하거나 노하지 말라
남루만 진화하던 집 텅 빈 외양간에서
얼마나 속을 태웠을까 서까래가 새카맣다

가슴의 못을 뽑듯 문빗장을 걷어낸다
아버지의 젖은 생을 널어 말리던 횃대
손 닿자 기다렸던가 삭은 채로 내려앉는다

켜로 앉은 먼지 털며 아랫목은 다시 끓고
동구 밖 내다보다 목만 길게 키운 굴뚝
참았던 끽연의 갈증 무더기로 풀어낸다
      ―「어떤 귀소 2」 전문

   이 연작 시편은 '귀소歸巢'라는 상징을 통해 역시 자신의 기원
을 상상하고 탐색하는 과정을 보여준다. 그런데 이번에는 '아버
지'다. "깊고 어둡던 우물"이 어느새 손이 닿을 듯 얕아졌다는 것
은, 어린 시절에는 그렇게 커 보이던 것들이 나중에 보면 작아 보
이는 현상과 마찬가지일 것이다. 시인은 우물이 있는 고향에 돌
아와 자신의 얼굴이 파문으로 일그러지는 것을 바라본다. "툇마

루 지키고 선 빛바랜 액자"에는 푸시킨의 시구詩句가 적혀 있는데, 그것을 뒤돌아보며 시인은 그 옛날 새벽 기차를 탔을 것이다. 외양간은 텅 비고 서까래는 새카맣게 타들어 갔을 오랜 시간, "아버지의 젖은 생을 널어 말리던 횃대"가 만져지고 그것이 어느새 '낡은 것'임을 시인은 천천히 알아간다. "동구 밖 내다보다 목만 길게 키운 굴뚝"이 '어떤 귀소'를 이토록 절절하고 아름답고 허전하고 팽팽하게 만들어주는데, 이는 마치 "오래된 옛사랑이 먼 길 가다 되돌아와"(「옛사랑」) 있는 듯한 모습이기도 할 터이고, "잊고 산 옛이야기들이 무성영화로 펼쳐진"(「널문리에서」) 풍경이기도 할 것이다.

이처럼 이번 시집에 실린 김종훈 시편들은 시인 스스로의 존재론적 기원에 대한 깊은 자의식을 보여준다. 그 밑바닥에는 시인이 겪어온 '원체험'이 담겨 있는데, 이때 원체험은 그 자체로 시인이 택하는 언어와 사유에 커다란 영향을 끼치게 된다. 김종훈은 이러한 원체험을 끊임없이 변형하면서 자신만의 존재론적 동일성을 하나하나 획득해간다. 이때 원체험을 변형하는 데 시인의 남다른 기억이 활발한 매개 작용을 하는 것은 퍽 자연스러운 일일 것이다. 근본적으로 서정시가 시간에 대한 경험 형식으로 쓰이고 읽힌다는 점에서, 그리고 서정시와 시간이 불가피한 서로의 원질原質이라는 점에서 우리는 김종훈 시편의 근간 역시 시간에 대한 일관된 경험 형식을 취하고 있고, 그 가운데 가장 눈에 띄는 것이 근원을 향하는 회상 형식이라고 말할 수 있다. 원형적이고

훼손되지 않은 기억이야말로 그로 하여금 삶을 살아가게끔 하는
근원적 힘이 되고 있는 것이다.

4

　다음으로 시집 제목에서 유추되듯이, 김종훈의 발화 양상 가운
데 또 하나 눈에 띄는 것은 시인 특유의 기행紀行 방식이다. 이때
'기행'이란, 미지의 길 위로 자신을 내몲으로써 일상에 길들여져
있는 자신을 적극적으로 성찰하는 방법 가운데 하나일 것이다.
그중에서 문명을 떠나 전혀 다른 방식으로 우리를 감싸 안는 자
연 사물을 만나보는 기행은, 우리에게 무엇이 결핍되어 있고 무
엇이 과잉되어 있는지를 성찰하게 해주는 종요로운 실천적 행위
이다. 그것은 인간의 욕망이 가 닿지 않은 순수 원형의 풍경 혹은
풍속의 속살들을 만나는 제의적祭儀的 과정이기도 하다. 그래서
시인은 근대적 삶의 효율성에 의해 사라져가고 있지만 그 사라짐
의 눈부심으로 하여 역설적으로 빛나는 생태적·문화적 보고들
을 찾아 나선다. 이러한 과정을 통해 우리는 인간의 욕망과 자연
사물들이 이루고 있는 비대칭적 양상에 대하여 생각할 수 있는
계기들을 얻게 된다.

　오종종한 징검돌이 샛강 건너는 배경으로

미루나무 두엇 벗 삼아 길 나서는 물줄기와
기슭에 물수제비뜨는 아이들도 그려 넣는다

여릴 대로 여리더니 어깨 맞댄 물길들이
군악대만 봐도 울렁이던 맑은 서정을 삼키고
여울은 화폭을 휘적시며 세차게 뒤척인다

구도마저 바꿀 기세로 홰를 치며 내달리다
분 냄새 이겨 바른 도회지 그 풍광에서
네온 빛 그리움에 젖어 물비늘 종일 눕는다

어느새 귓가 허연 강가 풀빛 아이 불러내며
캔버스를 수놓던 현란한 물빛 지운 채
꿈꾸던 역류를 접고 강은 암묵으로 흐른다
　　　　　　　　　　　　　　－「화첩 기행 1」 전문

　시인이 행하는 '화첩 기행'은 경관이 빼어난 곳이 아니라 오종
종하게 시간이 엎드려 있는 곳을 향한다. 시인은 "오종종한 징검
돌이 샛강 건너는 배경"을 좋아하며, 나아가 "미루나무 두엇 벗
삼아 길 나서는 물줄기"를 가장 반긴다. 여릴 대로 여린 것들, "맑
은 서정"을 통해서만 가 닿은 수 있는 화폭을 향해 그 맑은 시선
을 던진다. 그것을 알맞은 구도로 배치하면서 시인은 "어느새 귓

가 허연 강가 풀빛 아이"를 그려내기에 이른다. 이때 "캔버스를 수놓던 현란한 물빛"은 어느새 지워지고, "꿈꾸던 역류를 접고" 그저 흘러갈 뿐인 '강'만이 흐릿한 후경後景으로 물러나 앉는 과정이 이어진다. 이처럼 김종훈은 '화첩 기행' 연작을 통해 "사라진 먼 기억 저편"(「화첩 기행 3」)을 그리기도 하고, "붓 끝에 온 힘을 모아 화룡점정 하는 날"(「화첩 기행 5」)을 희원하기도 한다. 애잔하고 깊다.

가파른 날들이 자꾸 야윈 등을 떠밀던 날
바다를 꿈꾸던 골짝 깊은 산에 올라
유월이 부르는 노래를 붓으로 받아 적었다

화지 윗동에 선염으로 쪽빛 하늘을 깔고
먹줄을 튕기듯 한 뼘 아래 수평선을 긋자
검푸른 건반을 두드리며 능선들이 출렁인다

우뚝 멈춘 붓 끝에서 가파르게 솟은 암벽
때마침 부는 바람 부푼 돛을 높이 올리고
먼 바다 옛이야기를 골짜기마다 부려놓는다

물결 따라 쉼 없이 뒤채는 찌든 생각들
여백마다 보란 듯 죄다 풀어놓으면

잎새는 은어 빛 이랑 조리질로 걸러낸다

닻을 내린 수심을 길어 벼루에 얹어 갈고
호흡을 가다듬어 다시 붓을 바싹 당기면
시위에 활을 얹은 듯 화폭 함께 고요해진다

팽팽히 떠난 붓 끝은 화폭을 가로지르고
유월의 산이 부르는 푸른 바다의 노래
내 안에 길게 누운 개펄 일어서라 채근한다
─「화첩 기행 4」 전문

이 '화첩 기행'은 6월의 산에서 이루어진다. "가파른 날들"이나 "야윈 등"은 일상의 왜소함을 말해주고, "바다를 꿈꾸던 골짝 깊은 산"은 탈脫일상의 공간적 상관물이 되어준다. 시인은 붓을 들어 "쪽빛 하늘"과 "한 뼘 아래 수평선"을 그리고, "검푸른 건반을 두드리며" 출렁이는 능선들을 하나하나 잡아낸다. "붓 끝마다 초록 종소리"(「이른 봄에」)가 넘실대는 날, 시인은 암벽이며 골짜기며 나무 잎새 같은 자연 사물의 수심과 고요를 화폭 안에 옮겨간다. 그렇게 팽팽한 붓 끝은 화폭을 가로지르면서 "유월의 산이 부르는 푸른 바다의 노래"를 시인으로 하여금 받아 적게 한다. 그렇게 "붓으로 적은 누대가 새파랗게"(「가첩을 다시 읽다」) 사물들을 반짝이게 하는 순간, 시인은 아마도 자연 사물들이 내지르는 "침묵의 말들"(「화첩 기행 2」)을 채록해가고 있을 것이다.

언젠가 베냐민W. Benjamin은 외계와 내면의 순간적 통일성, 가령 세계의 근원이나 자연 사물과의 순간적 합일을 "아우라Aura의 경험"이라고 말한 바 있다. 여기서 아우라는 사물이 내뿜는 일회적이고 고유한 속성이자 그 외현外現을 뜻한다. 김종훈이 순례하는 오지들이야말로 이러한 아우라가 살아 있는 마지막 삶의 터라고 할 수 있을 것이다. 물론 이때 오지는 산간벽지 같은 주변부일수도 있고, 범인凡人들로서는 가 닿을 수 없는 정신의 극한일 수도 있으며, 고단한 삶을 이어가는 간이역 같은 곳일 수도 있고, 상상 속에서나 갈 수 있는 격절의 공간일 수도 있다. 이러한 실례들을 증언하면서 김종훈 시편은 우리로 하여금 '시적인 것'을 찾아가는 생성적 은유로서의 기행을 경험하게 해주고 있다.

5

이러한 '기행'의 감각을 가진 김종훈의 시선은 자연스럽게 생의 변방을 향한다. '낡은 것'에 대한 각별한 애착과 그에 따른 섬세한 기억을 통해, 시인은 서정시의 오래된 본령인 변방의 경험적 실감을 점증해간다. 말하자면 시인은 오래된 이미지의 구체를 통해, 현실의 시간에서 벗어나 자신이 고유하게 경험한 변방으로 귀환하려는 의지를 보여준다. 외따롭게 떨어져 있던 사물들 사이에 일종의 유추적 연관이 형성되는 것도 이러한 매개가 있기 때문이다. 다음 시편은 그러한 기억의 매개가 적극적으로 작용한 결과일 것이다.

> 휘파람새 울음 짙어 휘움한 오솔길을
> 어린 날의 꿈결인 듯 지망지망 걸어가면
> 잊으려 묻은 기억이 산국으로 핍니다
>
> 차오르는 물길 따라 섬이 되어 홀로된 산
> 뭍 내음 그리워서 시나브로 여위어가고
> 호수에 발을 담근 채 수심에 잠깁니다
>
> 바람도 숨을 죽여 유영하는 어린 별들
> 언젠가는 되돌아가 소꿉놀이 그리면서
> 수장된 옛이야기를 꿈속에서 건집니다
> ─「하잠리에서」 전문

'하잠리'는 울산시 울주군 삼동면에 있는 마을로서, 댐 건설로 인해 마을 대부분이 물에 잠긴 곳이다. 당연히 이 땅의 오지요, 변방이다. "휘파람새 울음 짙어 휘움한 오솔길"은 그 변방의 공간적 표상일 것이고, "어린 날의 꿈결"은 이제는 그러한 꿈이 사라진 것을 말해주는 시간적 표상일 것이다. "잊으려 묻은 기억"이

온통 지천으로 가득한 곳에서 시인은 "차오르는 물길 따라 섬이 되어 홀로된 산"이 어쩌면 우리 삶의 중요한 속성을 비유할지도 모른다고 사유한다. 그리움을 깊은 수심에 잠근 채 "언젠가는 되돌아가 소꿉놀이"할 시간을 그리게 하는 시간, 꿈속에서 건지는 "수장된 옛이야기"는 우리가 묻어주고 살고 있는, 아니 잊고 살아가는 깊은 근원적 사유인지도 모르기 때문이다. 이처럼 이 시편은 지금은 사라져버린 풍경을 재현하면서 그 오랜 세월을 가다듬고 있는 작품이다. 풍경의 구체를 통해 지난날의 기억을 재현하면서 우리들 삶의 현재형이 그 낡고 아름다운 변방을 통해 가능한 것이었음을 노래한다. 서정시의 본래적 기능이 이러한 기억의 연금술을 통한 근원 지향에 있음을 그는 한껏 증명하고 있는 것이다. 만선을 기다리며 부둣가로 나앉은 "폐교"(「폐교에서」)나, "꽃잎처럼 뚝뚝 듣는 / 날 선 그리움의 선혈"(「마지막 편지」)을 우리는 여기서 만나게 된다.

따뜻한 발 한번 품어보지 못한 구두
어쩌다가 여기까지 밀려오게 되었을까
굽 닳은 헌 구두처럼 몇 번이나 수선된 꿈

한때는 백화점의 화려한 불빛 아래서
매끈한 허리와 오똑한 콧날 앞세워
발길을 오래 붙잡던 뾰족구두 한 켤레

보세 가게 뒷골목에서 눈길을 튕겨보다
남은 객기는 이제 마대 자루에 담아두고
오일장 난전 마당에 제 몸을 맡기고 있다

눈가 푸르죽죽한 오색다방 미스 김
자기를 닮은 듯한 콧대 높은 구두를
몇 번을 딸막거리다가 슬며시 놓아준다

오늘도 주인을 기다리는 빨간 구두 한 켤레
옆자리 신발들이 들렸다가 놓일 때마다
가슴은 여전히 청춘, 봄날처럼 쿵쾅거린다
－「오일장에 나온 구두」 전문

이 시편에서 그려내는 '구두' 역시, 수몰된 '하잠리'처럼 옛이야
기를 안고 있는 고고학적 상관물이자 시간을 사물로 바꾸어 상상
한 비유의 형식일 것이다. 그 구두는 "따뜻한 발 한번 품어보지
못한" 시간을 가지고 있다. 몇 번이나 꿈이 수선되면서 여기까지
밀려온 '구두'는 한때는 백화점의 화려한 불빛 아래 있었다. 이제
는 "오일장 난전 마당"으로 흘러온 구두는, 가슴은 아직 청춘이
지만 몸은 늙어가는 모습을 은유한다. 비록 여전히 봄날처럼 설
레는 가슴을 안고 살지만, 이제는 손길이 닿지 않는 변방을 함의

하는 것이다. 한때는 "둥근 대지를 따라 돌아오는 별들 보며"(「연날리기」) 키워왔을 꿈을 양도한 채 이제는 "고운 새소리가 펼친 환하고 장엄한 꽃밭과 / 누대에 갈아먹을 푸른 벌판을 떠올리며"(「문수를 찾아서」) 살아가는 회한悔恨의 존재가 부르는 노래가 아득히 들려온다.

그동안 우리는 시간의 깊이를 헤아리지 않고, 속도의 효율성만을 취해온 가파르고도 척박한 역사를 이어왔다. 이때 눈 밝은 시인은 소소하고 느리고 오래된 존재들이 여전히 우리를 감싸고 있고 또 우리로 하여금 본원적 가치를 잃지 않고 살아가게끔 한다는 것을 발견해낸다. 김종훈은 변방의 존재자들, 예컨대 '수몰지'나 '오래된 구두'를 통해 사물의 비극성에 참여하면서도 인간의 궁극적 관심을 암시하는 밝은 시선을 우리에게 감염시켜준다. 결국 그는 사물의 비극성과 함께 따뜻하고 낮고 느릿한 시선을 동시에 보여주면서, 우리 시대를 살아가는 이들의 구체적 삶을 향해 그 단단한 결속을 확산해간다. 이는 시인의 사유와 감각이 추상적 선언에 있는 것이 아니라, 매우 구체적인 실감 속에 있음을 보여주는 대목이다.

6

대체로 한 편의 서정시에는 시인 자신이 겪어온 절실한 경험과 기억은 물론, 시적 대상을 향한 한없는 애정과 그리움이 압축되어 담기게 마련이다. 이를 두고 우리는 서정시의 동일성 원리라고 이해하고 호명한다. 말하자면 이는 사물에 자신을 투사함으로써 독자들로 하여금 자신의 삶을 반추하게 하기도 하고, 새로운 세계에 대한 간접경험을 풍요롭게 하기도 하는 것이다. 따라서 서정시는 시인과 독자 사이의 경험적 소통을 전제로 한 특수한 담화 양식으로서, 사물에 대한 깊은 관찰과 투사를 통해 삶의 보편적 이법理法을 천착하는 쪽으로 나아가는 속성을 보여준다.

김종훈의 시조 미학은 이러한 서정시의 속성을 충족하면서, 단시조의 선명한 영상 제시, 자기 기원의 오롯한 탐색, 기행 과정에서의 깊은 정서 표현, 변방과 외곽성의 따뜻한 옹호 등을 아름답게 노래하고 있다. 시조시단에 오랜만에 출현한 진정성과 온기의 시학이 아닐 수 없다. 그리고 김종훈의 첫 시집은 어느 시편을 인용해도 좋을 만한 균질성을 확보하면서, 수묵처럼 번져가는 언어를 통해 다양한 주제를 보여준다. 그것만으로도 김종훈의 첫 시집은 우리의 경험과 기억 속으로 서서히 번져갈 만한 개성과 힘을 가지고 있다 할 것이다. 그래서 우리는 그가 그려낸 기원 탐색과 변방 옹호의 심미적 화첩이 더욱 탁월한 미학적 진경進境으로 나아가기를 소망해보는 것이다.

화첩 기행

—

초판 1쇄 2016년 5월 26일
지은이 김종훈
펴낸이 김영재
펴낸곳 책만드는집

—

주소 서울 마포구 양화로3길 99 4층 (04022)
전화 3142-1585·6
팩스 336-8908
전자우편 chaekjip@naver.com
출판등록 1994년 1월 13일 제10-927호
ⓒ 김종훈, 2016

—

—

ISBN 978-89-7944-571-8 (04810)
ISBN 978-89-7944-354-7 (세트)